Paul Heyse

L'Arrabbiata; Die Eigensinnige

in Großdruckschrift

Paul Heyse

L'Arrabbiata; Die Eigensinnige

in Großdruckschrift

Reproduktion des Originals.

1. Auflage 2023 | ISBN: 978-3-38731-222-5

Megali Verlag ist ein Imprint der Outlook Verlagsgesellschaft mbH.

Verlag: Outlook Verlag GmbH, Zeilweg 44, 60439 Frankfurt, Deutschland
Vertretungsberechtigt: E. Roepke, Zeilweg 44, 60439 Frankfurt, Deutschland
Druck: Books on Demand GmbH, In de Tarpen 42, 22848 Norderstedt, Deutschland

L'ARRABBIATA

DIE EIGENSINNIGE

NOVELLE

.

PAUL HEYSE

1853

L'Arrabbiata (1)

{ed. (1) Die Eigensinnige }

Die Sonne war noch nicht aufgegangen. Über dem Vesuv lagerte eine breite graue Nebelschicht, die sich nach Neapel hinÜberdehnte und die kleinen Städte an jenem Küstenstrich verdunkelte. Das Meer lag still. An der Marine (2) aber, die unter dem hohen Sorrentiner Felsenufer in einer engen Bucht angelegt ist, rührten sich schon Fischer mit ihren Weibern, die Kähne mit Netzen, die zum Fischen über Nacht draußen gelegen hatten, an großen Tauen ans Land zu ziehen. Andere rüsteten ihre Barken, richteten die Segel zu und schleppten Ruder und Segelstangen aus den großen vergitterten GewÖlben vor, die tief in den Felsen hineingebaut über Nacht das Schiffgerät bewahren. Man sah keinen müßig gehen; denn auch die Alten, die keine Fahrt mehr machen, reihten sich in die große Kette derer ein, die an den Netzen zogen, und hie und da stand ein Mütterchen mit der Spindel auf einem der flachen Dächer, oder machte sich mit den Enkeln zu schaffen, während die Tochter dem Manne half.

{ed. (2) Küste }

Siehst du, Rachela, da ist unser Padre Curato, sagte eine Alte zu einem kleinen Ding von zehn Jahren, das neben ihr sein Spindelchen schwang. Eben steigt er ins Schiff. Der Antonino soll ihn nach Capri hinüberfahren. Maria Santissima, was sieht der ehrwürdige Herr noch verschlafen aus!—Und damit winkte sie mit der Hand einem kleinen freundlichen Padre zu, der unten sich eben zurechtgesetzt hatte in der Barke, nachdem er seinen schwarzen Rock sorgfältig aufgehoben und über die Holzbank gebreitet hatte. Die andern am Strand hielten mit der Arbeit ein, um ihren Pfarrer abfahren zu sehen, der nach rechts und links freundlich nickte und grüßte.

Warum muß er denn nach Capri, Großmutter? fragte das Kind. Haben die
 Leute dort keinen Pfarrer, daß sie unsern borgen müssen?

Sei nicht so einfältig, sagte die Alte. Genug haben sie da und die schönsten Kirchen und sogar einen Einsiedler, wie wir ihn nicht haben. Aber da ist eine vornehme Signora, die hat lange hier in Sorrent gewohnt und war sehr krank, daß der Padre oft zu ihr mußte mit dem Hochwürdigsten, wenn sie dachten, sie übersteht keine Nacht mehr. Nun, die heilige Jungfrau hat ihr beigestanden, daß sie wieder frisch und gesund worden ist und hat alle Tage im Meere baden können. Als sie von hier fort ist, nach Capri hinüber, hat sie noch einen schönen Haufen Dukaten an die Kirche geschenkt und an das arme Volk, und hat nicht fort wollen, sagen sie, ehe der Padre nicht versprochen hat, sie drüben zu besuchen, daß sie ihm beichten kann. Denn es ist erstaunlich, was sie auf ihn hält. Und wir können uns segnen, daß wir ihn zum Pfarrer haben, der Gaben hat wie ein Erzbischof und dem die hohen Herrschaften nachfragen. Die Madonna sei mit ihm!—Und damit winkte sie zum Schiffchen hinunter, das eben abstoßen wollte.

Werden wir klares Wetter haben, mein Sohn? fragte der kleine Priester und sah bedenklich nach Neapel hinüber.

Die Sonne ist noch nicht heraus, erwiderte der Bursch. Mit dem bißchen Nebel wird sie schon fertig werden.

So fahr zu, daß wir vor der Hitze ankommen.

Antonino griff eben zu dem langen Ruder, um die Barke ins Freie zu treiben, als er plötzlich innehielt und nach der Höhe des steilen Weges hinaufsah, der von dem Städtchen Sorrent zur Marine hinabführt.

Eine schlanke Mädchengestalt ward oben sichtbar, die eilig die Steine hinabschritt und mit einem Tuch winkte. Sie trug ein Bündelchen unterm Arm, und ihr Aufzug war dürftig genug. Doch hatte sie eine fast vornehme, nur etwas wilde Art, den Kopf in den Nacken zu werfen und die schwarze Flechte, die sie vorn über der Stirn umgeschlungen trug, stand ihr wie ein Diadem.

Worauf warten wir? fragte der Pfarrer.

Es kommt da noch jemand auf die Barke zu, der auch wohl nach Capri will. Wenn Ihr erlaubt, Padre—es geht darum nicht langsamer, denn 's ist nur ein junges Ding von kaum achtzehn Jahr.

In diesem Augenblick trat das Mädchen hinter der Mauer hervor, die den gewundenen Weg einfaßt. Laurella! sagte der Pfarrer. Was hat sie in Capri zu tun?

Antonino zuckte die Achseln.—Das Mädchen kam mit hastigen Schritten heran und sah vor sich hin.

Guten Tag, l'Arrabbiata! riefen einige von den jungen Schiffern. Sie hätten wohl noch mehr gesagt, wenn die Gegenwart des Curato sie nicht in Respekt gehalten hätte, denn die trotzige stumme Art, in der das Mädchen ihren Gruß hinnahm, schien die Übermütigen zu reizen.

Guten Tag, Laurella, rief nun auch der Pfarrer. Wie steht's? Willst du mit nach Capri?

Wenn's erlaubt ist, Padre!

Frage den Antonino, der ist der Patron der Barke. Ist jeder doch
 Herr seines Eigentums und Gott Herr über uns alle.

Da ist ein halber Carlin (3), sagte Laurella, ohne den jungen
 Schiffer anzusehen. Wenn ich dafür mit kann.

{ed. (3) Carlino: alte neapolitanische Münze }

Du kannst's besser brauchen, als ich, brummte der Bursch und schob
 einige Körbe mit Orangen zurecht, daß Platz wurde. Er sollte sie in
 Capri verkaufen, denn die Felseninsel trägt nicht genug für den
 Bedarf der vielen Besucher.

Ich will nicht umsonst mit, erwiderte das Mädchen und die schwarzen
 Augenbrauen zuckten.

Komm nur, Kind, sagte der Pfarrer. Er ist ein braver Junge und will nicht reich werden von deinem bißchen Armut. Da, steig ein—und er reichte ihr die Hand—und setz dich hier neben mich. Sieh, da hat er dir seine Jacke hingelegt, daß du weicher sitzen sollst. Mir hat er's nicht so gut gemacht. Aber junges Volk, das treibt's immer so. Für ein kleines Frauenzimmer wird mehr gesorgt, als für zehn geistliche Herren. Nun nun, brauchst dich nicht zu entschuldigen, Tonino. 's ist unsers Herrgotts Einrichtung, daß sich gleich zu gleich hält.

Laurella war inzwischen eingestiegen und hatte sich gesetzt, nachdem sie die Jacke ohne ein Wort zu sagen beiseit geschoben hatte. Der junge Schiffer ließ sie liegen und murmelte was zwischen den Zähnen. Dann stieß er kräftig gegen den Uferdamm und der kleine Kahn flog in den Golf hinaus.

Was hast du da im Bündel, fragte der Pfarrer, während sie nun übers
 Meer hintrieben, das sich eben von den ersten Sonnenstrahlen lichtete.

Seide, Garn und ein Brot, Padre. Ich soll die Seide an eine Frau in

Capri verkaufen, die Bänder macht, und das Garn an eine andere.

Hast du's selbst gesponnen?

Ja, Herr.

Wenn ich mich recht erinnere, hast du auch gelernt, Bänder machen.

Ja, Herr. Aber es geht wieder schlimmer mit der Mutter, daß ich nicht aus dem Hause kann und einen eignen Webstuhl können wir nicht bezahlen.

Geht schlimmer! Oh, oh! Da ich um Ostern bei euch war, saß sie doch auf.

Der Frühling ist immer die böseste Zeit für sie. Seit wir die großen
Stürme hatten und die Erdstöße, hat sie immer liegen müssen vor
Schmerzen.

Laß nicht nach mit Beten und Bitten, mein Kind, daß die heilige Jungfrau Fürbitte tut. Und sei brav und fleißig, damit dein Gebet erhört werde.

Nach einer Pause: Wie du da zum Strand herunterkamst, riefen sie dir zu: Guten Tag, l'Arrabbiata! Warum heißen sie dich so? Es ist kein schöner Name für eine Christin, die sanft sein soll und demütig.

Das Mädchen glühte über das ganze braune Gesicht und ihre Augen funkelten.

Sie haben ihren Spott mit mir, weil ich nicht tanze und singe und viel Redens mache, wie andere. Sie sollten mich gehen lassen; ich tu ihnen ja nichts.

Du könntest aber freundlich sein zu jedermann. Tanzen und singen mögen andere, denen das Leben leichter ist. Aber ein gutes Wort geben schickt sich auch für einen Betrübten.

Sie sah vor sich nieder und zog die Brauen dichter zusammen, als wollte sie ihre schwarzen Augen drunter verstecken. Eine Weile fuhren sie schweigend dahin. Die Sonne stand nun prächtig über dem Gebirg, die Spitze des Vesuv ragte über die Wolkenschicht heraus, die noch den Fuß umzogen hielt, und die Häuser auf der Ebene von Sorrent blickten weiß aus den grünen Orangengärten hervor.

Hat jener Maler nichts wieder von sich hören lassen,
Laurella, jener
 Napolitaner, der dich zur Frau haben wollte? fragte der
Pfarrer.

 Sie schüttelte den Kopf.

 Er kam damals, ein Bild von dir zu machen. Warum hast
du's ihm abgeschlagen?

 Wozu wollt' er es nur? Es sind andere schöner als ich.
Und dann—wer weiß, was er damit getrieben hätte. Er
hätte mich damit verzaubern können und meine Seele
beschädigen, oder mich gar zu Tode bringen, sagte die
Mutter.

 Glaube nicht so sündliche Dinge, sprach der Pfarrer
ernsthaft. Bist du nicht immer in Gottes Hand, ohne dessen
Willen dir kein Haar vom Haupte fällt? Und soll ein Mensch
mit so einem Bild in der Hand stärker sein als der
Herrgott?—Zudem konntest du ja sehen, daß er dir
wohlwollte. Hat er dich sonst heiraten wollen?

 Sie schwieg.

 Und warum hast du ihn ausgeschlagen? Es soll ein braver
Mann gewesen sein und ganz stattlich und hätte dich und

deine Mutter besser ernähren können, als du es nun kannst mit dem bißchen Spinnen und Seidewickeln.

Wir sind arme Leute, sagte sie heftig, und meine Mutter nun gar seit so lange krank. Wir wären ihm nur zur Last gefallen. Und ich tauge auch nicht für einen Signore. Wenn seine Freunde zu ihm gekommen wären, hätte er sich meiner geschämt.

Was du auch redest! Ich sage dir ja, daß es ein braver Herr war. Und überdies wollte er ja nach Sorrent übersiedeln. Es wird nicht bald so einer wiederkommen, der wie recht vom Himmel geschickt war, um euch aufzuhelfen.

Ich will gar keinen Mann, niemals! sagte sie ganz trotzig und wie vor sich hin.

Hast du ein Gelübde getan, oder willst in ein Kloster gehen?

Sie schüttelte den Kopf.

Die Leute haben recht, die dir deinen Eigensinn vorhalten, wenn auch jener Name nicht schön ist. Bedenkst du nicht, daß du nicht allein auf der Welt bist, und durch diesen Starrsinn deiner kranken Mutter das Leben und ihre Krankheit nur bitterer machst? Was kannst du für wichtige Gründe haben, jede rechtschaffene Hand abzuweisen, die dich und die Mutter stützen will? Antworte mir, Laurella!

Ich habe wohl einen Grund, sagte sie leise und zögernd. Aber ich kann ihn nicht sagen.

Nicht sagen? Auch mir nicht? Nicht deinem Beichtvater, dem du doch sonst wohl zutraust, daß er es gut mit dir meint? Oder nicht?

Sie nickte.

So erleichtere dein Herz, Kind. Wenn du recht hast, will ich der erste sein, dir recht zu geben. Aber du bist jung und kennst die Welt wenig, und es möchte dich später einmal gereuen, wenn du um kindischer Gedanken willen dein Glück verscherzt hast.

Sie warf einen flüchtigen scheuen Blick nach dem Burschen hinüber, der emsig rudernd hinten im Kahn saß und die wollne Mütze tief in die Stirn gezogen hatte. Er starrte zur Seite ins Meer und schien in seine eignen Gedanken versunken zu sein. Der Pfarrer sah ihren Blick und neigte sein Ohr näher zu ihr.

Ihr habt meinen Vater nicht gekannt, flüsterte sie, und ihre Augen sahen finster.

Deinen Vater? Er starb ja, denke ich, da du kaum zehn Jahr
alt warst.
 Was hat dein Vater, dessen Seele im Paradiese sein möge,
mit deinem
 Eigensinn zu schaffen?

 Ihr habt ihn nicht gekannt, Padre. Ihr wißt nicht, daß er
allein schuld ist an der Krankheit der Mutter.

 Wie das?

Weil er sie mißhandelt hat und geschlagen und mit Füßen
getreten. Ich weiß noch die Nächte, wenn er nach Hause
kam und war in Wut. Sie sagte ihm nie ein Wort und tat
alles, was er wollte. Er aber schlug sie, daß mir das Herz
brechen wollte. Ich zog dann die Decke über den Kopf und
tat als ob ich schliefe, weinte aber die ganze Nacht. Und
wenn er sie dann am Boden liegen sah, verwandelt' er sich
plötzlich und hob sie auf und küßte sie, daß sie schrie, er
werde sie ersticken. Die Mutter hat mir verboten, daß ich
nie ein Wort davon sagen soll; aber es griff sie so an, daß
sie nun die langen Jahre, seit er tot ist, noch nicht wieder
gesund worden ist. Und wenn sie früh sterben sollte, was
der Himmel verhüte, ich weiß wohl, wer sie umgebracht
hat.

Der kleine Priester wiegte das Haupt und schien unschlüssig, wie weit er seinem Beichtkind recht geben sollte. Endlich sagte er: Vergib ihm, wie ihm deine Mutter vergeben hat. Hefte nicht deine Gedanken an jene traurigen Bilder, Laurella. Es werden bessere Zeiten für dich kommen, und dich alles vergessen machen.

Nie vergess' ich das, sagte sie und schauerte zusammen. Und wißt, Padre, darum will ich eine Jungfrau bleiben, um keinem untertänig zu sein, der mich mißhandelte und dann liebkoste. Wenn mich jetzt einer schlagen oder küssen will, so weiß ich mich zu wehren. Aber meine Mutter durfte sich schon nicht wehren, nicht der Schläge erwehren und nicht der Küsse, weil sie ihn lieb hatte. Und ich will keinen so lieb haben, daß ich um ihn krank und elend würde.

Bist du nun nicht ein Kind und sprichst wie eine, die nichts weiß von dem, was auf Erden geschieht? Sind denn alle Männer wie dein armer Vater war, daß sie jeder Laune und Leidenschaft nachgeben und ihren Frauen schlecht begegnen? Hast du nicht rechtschaffne Menschen genug gesehen in der ganzen Nachbarschaft, und Frauen, die in Frieden und Einigkeit mit ihren Männern leben?

Von meinem Vater wußt' es auch niemand, wie er zu meiner Mutter war, denn sie wäre eher tausendmal gestorben, als es einem sagen und klagen. Und das alles, weil sie ihn liebte. Wenn es so um die Liebe ist, daß sie einem die Lippen schließt, wo man Hülfe schreien sollte, und einen wehrlos macht gegen Ärgeres, als der ärgste Feind einem antun könnte, so will ich nie mein Herz an einen Mann hängen.

Ich sage dir, daß du ein Kind bist und nicht weißt, was du sprichst. Du wirst auch viel gefragt werden von deinem Herzen, ob du lieben willst oder nicht, wenn seine Zeit gekommen ist; dann hilft alles nicht, was du dir jetzt in den Kopf setzest.—Wieder nach einer Pause: Und jener Maler, hast du ihm auch zugetraut, daß er dir hart begegnen würde?

Er machte so Augen, wie ich sie bei meinem Vater gesehen habe, wenn er der Mutter abbat und sie in die Arme nehmen wollte, um ihr wieder gute Worte zu geben. Die Augen kenn ich. Es kann sie auch einer machen, der's übers Herz bringt, seine Frau zu schlagen, die ihm nie was zuleide getan hat. Mir graute, wie ich die Augen wieder sah.

Darauf schwieg sie beharrlich still. Auch der Pfarrer schwieg. Er besann sich wohl auf viele schöne Sprüche, die er dem Mädchen hätte vorhalten können. Aber die Gegenwart des jungen Schiffers, der gegen das Ende der

Beichte unruhiger geworden war, verschloß ihm den Mund.

Als sie nach einer zweistündigen Fahrt in dem kleinen Hafen von Capri anlangten, trug Antonino den geistlichen Herrn aus dem Kahn über die letzten flachen Wellen, und setzte ihn ehrerbietig ab. Doch hatte Laurella nicht warten wollen, bis er wieder zurückwatete und sie nachholte. Sie nahm ihr Röckchen zusammen, die Holzpantöffelchen in die rechte, das Bündel in die linke Hand und plätscherte hurtig ans Land.

Ich bleibe heut wohl lang auf Capri, sagte der Padre, und du brauchst nicht auf mich zu warten. Vielleicht komm ich gar erst morgen nach Haus. Und du, Laurella, wenn du heimkommst, grüße die Mutter. Ich besuche euch in dieser Woche noch. Du fährst doch noch vor der Nacht zurück?

Wenn Gelegenheit ist, sagte das Mädchen, und machte sich an ihrem
Rock zu schaffen.

Du weißt, daß ich auch zurück muß, sprach Antonino, wie er meinte in sehr gleichgültigem Ton. Ich wart auf dich bis Ave Maria. Wenn du dann nicht kommst, soll mir's auch gleich sein.

Du mußt kommen, Laurella, fiel der kleine Herr ein. Du darfst deine
 Mutter keine Nacht allein lassen. Ist's weit, wo du hin mußt?

Auf Anacapri, in eine Vigne (4).

{ed. (4) Weinberg }

Und ich muß auf Capri zu. Behüt dich Gott, Kind, und dich, mein Sohn.

Laurella küßte ihm die Hand, und ließ ein Lebewohl fallen, in das sich der Padre und Antonino teilen mochten. Antonino indessen eignete sich's nicht zu. Er zog seine Mütze vor dem Padre und sah Laurella nicht an.

Als sie ihm aber beide den Rücken gekehrt hatten, ließ er seine Augen nur kurze Zeit mit dem geistlichen Herrn wandern, der über das tiefe Kieselgeröll mühsam hinschritt, und schickte sie dann dem Mädchen nach, das sich rechts die Höhe hinauf gewandt hatte, die Hand über die Augen haltend gegen die scharfe Sonne. Ehe sich der Weg oben zwischen Mauern zurückzieht, stand sie einen Augenblick still, wie um Atem zu schöpfen, und sah um. Die Marine lag zu ihren Füßen, ringsum türmte sich der

schroffe Fels, das Meer blaute in seltener Pracht—es war
wohl ein Anblick, des Stehenbleibens wert. Der Zufall fügte
es, daß ihr Blick, bei Antoninos Barke vorübereilend, sich
mit jenem Blick begegnete, den Antonino ihr nachgeschickt
hatte. Sie machten beide eine Bewegung, wie Leute, die
sich entschuldigen wollen, es sei etwas nur aus Versehen
geschehen, worauf das Mädchen mit finsterm Munde ihren
Weg fortsetzte.

Es war erst eine Stunde nach Mittag, und schon saß
Antonino zwei Stunden lang auf einer Bank vor der
Fischerschenke. Es mußte ihm was durch den Sinn gehen,
denn alle fünf Minuten sprang er auf, trat in die Sonne
hinaus, und überblickte sorgfältig die Wege, die links und
rechts nach den zwei Inselstädtchen führen. Das Wetter
sei ihm bedenklich, sagte er dann zu der Wirtin der
Osterie. Es sei wohl klar, aber er kenne diese Farbe des
Himmels und Meeres. Gerade so habe es ausgesehen, ehe
der letzte große Sturm war, wo er die englische Familie
nur mit Not ans Land gebracht habe. Sie werde sich
erinnern.

Nein, sagte die Frau.

Nun, sie solle an ihn denken, wenn sich's noch vor Nacht
verändere.

Sind viel Herrschaften drüben? fragte die Wirtin nach
einer Weile.

Es fängt eben an. Bisher hatten wir schlechte Zeit. Die
wegen der
 Bäder kommen, ließen auf sich warten.

Das Frühjahr kam spät. Habt ihr mehr verdient, als wir hier
auf
 Capri?

Es hätte nicht ausgereicht zweimal die Woche Makkaroni
zu essen, wenn ich bloß auf die Barke angewiesen wäre.
Dann und wann einen Brief nach Neapel zu bringen, oder
einen Signore aufs Meer gerudert, der angeln wollte. Das
war alles. Aber Ihr wißt, daß mein Onkel die großen
Orangengärten hat, und ein reicher Mann ist. Tonino, sagt
er, solang ich lebe, sollst du nicht Not leiden, und nachher
wird auch für dich gesorgt werden. So hab ich den Winter
mit Gottes Hülfe überstanden.

Hat er Kinder, Euer Onkel?

Nein. Er war nie verheiratet, und lang außer Landes, wo
er denn manchen Piaster zusammengebracht hat. Nun hat

er vor, eine große Fischerei anzufangen und will mich über das ganze Wesen setzen, daß ich nach dem Rechten sehe.

So seid Ihr ja ein gemachter Mann, Antonino.

Der junge Schiffer zuckte die Achseln. Es hat jeder sein Bündel zu tragen, sagte er. Damit sprang er auf und sah wieder links und rechts nach dem Wetter, obwohl er wissen mußte, daß es nur eine Wetterseite gibt.

Ich bring Euch noch eine Flasche. Euer Onkel kann's bezahlen, sagte die Wirtin.

Nur noch ein Glas, denn Ihr habt hier eine feurige Art Wein. Der
 Kopf ist mir schon ganz warm.

Er geht nicht ins Blut. Ihr könnt trinken, soviel Ihr wollt. Da kommt eben mein Mann, mit dem müßt Ihr noch eine Weile sitzen und schwatzen.

Wirklich kam, das Netz über die Schulter gehängt, die rote Mütze über den geringelten Haaren, der stattliche Padrone der Schenke von der Höhe herunter. Er hatte Fische in die Stadt gebracht, die jene vornehme Dame bestellt hatte, um sie dem kleinen Pfarrer von Sorrent vorzusetzen. Wie er des jungen Schiffers ansichtig wurde, winkte er ihm herzlich mit der Hand einen Willkommen zu, setzte sich dann neben ihn auf die Bank, und fing an zu fragen und zu erzählen. Eben brachte sein Weib eine zweite Flasche des echten unverfälschten Capri, als der Ufersand zur Linken knisterte und Laurella des Weges von Anacapri daherkam. Sie grüßte flüchtig mit dem Kopf und stand unschlüssig still.

Antonino sprang auf. Ich muß fort, sagte er. 's ist ein Mädchen aus Sorrent, das heut früh mit dem Signor Curato kam und auf die Nacht wieder zu ihrer kranken Mutter will.

Nun nun, 's ist noch lang bis Nacht, sagte der Fischer. Sie wird doch Zeit haben, ein Glas Wein zu trinken. Holla, Frau, bring noch ein Glas.

Ich danke, ich trinke nicht, sagte Laurella und blieb in einiger
Entfernung.

Schenk nur ein, Frau, schenk ein! Sie läßt sich nötigen.

Laßt sie, sagte der Bursch. Sie hat einen harten Kopf; was sie einmal nicht will, das redet ihr kein Heiliger ein.—Und damit nahm er eilfertig Abschied, lief nach der Barke hinunter, löste das Seil, und stand nun in Erwartung des Mädchens. Die grüßte noch einmal nach der Wirtin der Schenke zurück und ging dann mit zaudernden Schritten der Barke zu. Sie sah vorher nach allen Seiten um, als erwarte sie, daß sich noch andere Gesellschaft einfinden würde. Die Marine aber war menschenleer, die Fischer schliefen oder fuhren im Meer mit Angeln und Netzen, wenige Frauen und Kinder saßen unter den Türen, schlafend oder spinnend, und die Fremden, die am Morgen herübergefahren, warteten die kühlere Tageszeit zur Rückfahrt ab. Sie konnte auch nicht zu lange umschauen, denn ehe sie es wehren konnte, hatte Antonino sie in die Arme genommen und trug sie wie ein Kind in den Nachen. Dann sprang er nach und mit wenigen Ruderschlägen waren sie schon im offenen Meer.

Sie hatte sich vorn in den Kahn gesetzt und ihm halb den Rücken zugedreht, daß er sie nur von der Seite sehen konnte. Ihre Züge waren jetzt noch ernsthafter als gewöhnlich. Über die kurze Stirn hing das Haar tief herein, um den feinen Nasenflügel zitterte ein eigensinniger Zug; der volle Mund war fest geschlossen.—Als sie eine Zeitlang so stillschweigend über Meer gefahren waren, empfand sie den Sonnenbrand, nahm das Brot aus dem Tuch und schlang dieses über die Flechte. Dann fing sie an von dem

23

Brote zu essen und ihr Mittagsmahl zu halten, denn sie hatte auf Capri nichts genossen.

Antonino sah das nicht lange mit an. Er holte aus einem der Körbe, die am Morgen mit Orangen gefüllt gewesen, zwei hervor, und sagte: da hast du was zu deinem Brot, Laurella. Glaub nicht, daß ich sie für dich zurückbehalten habe. Sie sind aus dem Korb in den Kahn gerollt und ich fand sie, als ich die leeren Körbe wieder in die Barke setzte.

Iß du sie doch. Ich hab an meinem Brote genug.

Sie sind erfrischend in der Hitze, und du bist weit gelaufen.

Sie gaben mir oben ein Glas Wasser, das hat mich schon erfrischt.

Wie du willst, sagte er, und ließ sie wieder in den Korb fallen.

Neues Stillschweigen. Das Meer war spiegelglatt und rauschte kaum um den Kiel. Auch die weißen Seevögel, die in den Uferhöhlen nisten, zogen lautlos auf ihren Raub.

Du könntest die zwei Orangen deiner Mutter bringen, fing Antonino wieder an.

Wir haben ihrer noch zu Haus, und wenn sie zu Ende sind, geh ich und kaufe neue.

Bringe ihr sie nur, und ein Kompliment von mir.

Sie kennt dich ja nicht.

So könntest du ihr sagen, wer ich bin.

Ich kenne dich auch nicht.

Es war nicht das erste Mal, daß sie ihn so verleugnete. Vor einem Jahre, als der Maler eben nach Sorrent gekommen war, traf sich's an einem Sonntage, daß Antonino mit anderen jungen Burschen aus dem Ort auf einem freieren Platz neben der Hauptstraße Boccia spielte. Dort begegnete der Maler zuerst Laurella, die, einen Wasserkrug auf dem Kopfe tragend, ohne sein zu achten, vorüberschritt. Der Napolitaner, von dem Anblick betroffen, stand still und sah ihr nach, obwohl er sich mitten in der Bahn des Spieles befand und mit zwei Schritten sie hätte räumen können. Eine unsanfte Kugel, die ihm gegen das Fußgelenk fuhr, mußte ihn daran erinnern, daß hier der Ort nicht sei, sich in Gedanken zu verlieren. Er sah um, als erwarte er eine Entschuldigung. Der junge Schiffer, der den Wurf getan hatte, stand schweigend und trotzig inmitten seiner Freunde, daß der

Fremde es geraten fand, einen Wortwechsel zu vermeiden und zu gehen. Doch hatte man von dem Handel gesprochen, und sprach von neuem davon, als der Maler sich offen um Laurella bewarb. Ich kenne ihn nicht, sagte diese unwillig, als der Maler sie fragte, ob sie ihn jenes unhöflichen Burschen wegen ausschlüge. Und doch war auch ihr jenes Gerede zu Ohren gekommen. Seitdem, wenn ihr Antonino begegnete, hatte sie ihn wohl wieder erkannt.

Und nun saßen sie im Kahn wie die bittersten Feinde, und beiden klopfte das Herz tödlich. Das sonst gutmütige Gesicht Antoninos war heftig gerötet, er schlug in die Wellen, daß der Schaum ihn überspritzte, und seine Lippen zitterten zuweilen, als spräche er böse Worte. Sie tat, als bemerke sie es nicht, und machte ihr unbefangenstes Gesicht, neigte sich über den Bord des Nachens und ließ die Flut durch ihre Finger gleiten. Dann band sie ihr Tuch wieder ab und ordnete ihr Haar, als sei sie ganz allein im Kahn. Nur die Augenbrauen zuckten noch, und umsonst hielt sie die nassen Hände gegen ihre brennenden Wangen, um sie zu kühlen.

Nun waren sie mitten auf dem Meer, und nah und fern ließ sich kein Segel blicken. Die Insel war zurückgeblieben, die Küste lag im Sonnenduft weitab, nicht einmal eine Möwe durchflog die tiefe Einsamkeit. Antonino sah um sich her. Ein Gedanke schien in ihm aufzusteigen. Die Röte wich plötzlich von seinen Wangen, und er ließ die Ruder sinken. Unwillkürlich sah Laurella nach ihm um, gespannt, aber furchtlos.

Ich muß ein Ende machen, brach der Bursch heraus. Es dauert mir schon zu lange und wundert mich schier, daß ich nicht drüber zugrunde gegangen bin. Du kennst mich nicht, sagst du? Hast du nicht lange genug mit angesehen, wie ich bei dir vorüberging als ein Unsinniger, und hatte das ganze Herz voll, dir zu sagen? Dann machtest du deinen bösen Mund und drehtest mir den Rücken.

Was hatt' ich mit dir zu reden, sagte sie kurz. Ich habe wohl gesehn, daß du mit mir anbinden wolltest. Ich wollt' aber nicht in der Leute Mäuler kommen um nichts und wieder nichts. Denn zum Manne nehmen mag ich dich nicht, dich nicht und keinen.

Und keinen? So wirst du nicht immer sagen. Weil du den Maler weggeschickt hast? Pah! Du warst noch ein Kind damals. Es wird dir schon einmal einsam werden und dann, toll wie du bist, nimmst du den ersten besten.

Es weiß keiner seine Zukunft. Kann sein, daß ich meinen Sinn ändere.

Was geht's dich an?

Was es mich angeht? fuhr er auf und sprang von der Ruderbank empor, daß der Kahn schaukelte. Was es mich angeht? Und so kannst du noch fragen, nachdem du weißt, wie es um mich steht? Müsse der elend umkommen, dem je besser von dir begegnet würde, als mir.

Hab ich mich dir je versprochen? Kann ich dafür, wenn dein Kopf unsinnig ist? Was hast du für ein Recht auf mich?

Oh, rief er aus, es steht freilich nicht geschrieben, es hat's kein Advokat in Latein abgefaßt und versiegelt, aber das weiß ich, daß ich so viel Recht auf dich habe, wie in den Himmel zu kommen, wenn ich ein braver Kerl gewesen bin. Meinst du, daß ich mit ansehn will, wenn du mit einem andern in die Kirche gehst und die Mädchen gehn mir vorüber und zucken die Achseln? Soll ich mir den Schimpf antun lassen?

Tu was du willst. Ich laß mir nicht bangen, soviel du auch drohst.
Ich will auch tun, was ich will.

Du wirst nicht lange so sprechen, sagte er und bebte über den ganzen Leib. Ich bin Manns genug, daß ich mir das Leben nicht länger von solch einem Trotzkopf verderben lasse. Weißt du, daß du hier in meiner Macht bist und tun mußt, was ich will?

Sie fuhr leicht zusammen und blitzte ihn mit den Augen an.

Bringe mich um, wenn du's wagst, sagte sie langsam.

Man muß nichts halb tun, sagte er, und seine Stimme klang leiser. 's ist Platz für uns beide im Meer. Ich kann dir nicht helfen, Kind, —und er sprach fast mitleidig, wie aus dem Traum—aber wir müssen hinunter, alle beide, und auf einmal, und jetzt! schrie er überlaut, und faßte sie plötzlich mit beiden Armen an. Aber im Augenblick zog er die rechte Hand zurück, das Blut quoll hervor, sie hatte ihn heftig hineingebissen.

Muß ich tun, was du willst? rief sie und stieß ihn mit einer raschen Wendung von sich. Laß sehn, ob ich in deiner Macht bin!—Damit sprang sie über den Bord des Kahns und verschwand einen Augenblick in der Tiefe.

Sie kam gleich wieder herauf, ihr Röckchen umschloß sie fest, ihre Haare waren von den Wellen aufgelöst und hingen schwer über den Hals nieder, mit den Armen ruderte sie emsig und schwamm, ohne einen Laut von sich zu geben, kräftig von der Barke weg nach der Küste zu. Der jähe Schreck schien ihm die Sinne gelähmt zu haben. Er stand im Kahn, vorgebeugt, die Blicke starr nach ihr hingerichtet, als begebe sich ein Wunder vor seinen Augen. Dann schüttelte er sich, stürzte nach den Rudern, und fuhr ihr mit aller Kraft, die er aufzubieten hatte, nach, während der Boden seines Kahns von dem immer zuströmenden Blute rot wurde.

Im Nu war er an ihrer Seite, so hastig sie schwamm. Bei Maria Santissima! rief er, komm in den Kahn. Ich bin ein Toller gewesen; Gott weiß, was mir die Vernunft benebelte. Wie ein Blitz vom Himmel fuhr mir's ins Hirn, daß ich ganz aufbrannte und wußte nicht, was ich tat und redete. Du sollst mir nicht vergeben, Laurella, nur dein Leben retten und wieder einsteigen.

Sie schwamm fort, als habe sie nichts gehört.

Du kannst nicht bis ans Land kommen, es sind noch zwei Miglien. Denk an deine Mutter. Wenn dir ein Unglück begegnete, sie stürbe vor Entsetzen.

Sie maß mit einem Blick die Entfernung von der Küste. Dann, ohne zu antworten, schwamm sie an die Barke heran, und faßte den Bord mit den Händen. Er stand auf, ihr zu helfen; seine Jacke, die auf der Bank gelegen, glitt ins Meer, als der Nachen von der Last des Mädchens nach der einen Seite hinübergezogen wurde. Gewandt schwang sie sich empor und erklomm ihren früheren Sitz. Als er sie geborgen sah, griff er wieder zu den Rudern. Sie aber wand ihr triefendes Röckchen aus, und rang das Wasser aus den Flechten. Dabei sah sie auf den Boden der Barke, und bemerkte jetzt das Blut. Sie warf einen raschen Blick nach der Hand, die, als sei sie unverwundet, das Ruder führte. Da, sagte sie, und reichte ihm ihr Tuch. Er schüttelte den Kopf und ruderte vorwärts. Sie stand endlich auf, trat zu ihm und band ihm das Tuch fest um die tiefe Wunde. Darauf nahm sie ihm, soviel er auch abwehrte, das eine Ruder aus der Hand und setzte sich ihm gegenüber, doch ohne ihn anzusehn, fest auf das Ruder blickend, das vom Blut gerötet war, und mit kräftigen Stößen die Barke forttreibend. Sie waren beide blaß und still. Als sie näher ans Land kamen, begegneten ihnen Fischer, die ihre Netze auf die Nacht auswerfen wollten. Sie riefen Antonino an und neckten Laurella. Keins sah auf oder erwiderte ein Wort.

Die Sonne stand noch ziemlich hoch über Procida (5), als sie die Marine erreichten. Laurella schüttelte ihr Röckchen, das fast völlig überm Meer getrocknet war und sprang ans Land. Die alte spinnende Frau, die sie schon am Morgen hatte abfahren sehn, stand wieder auf dem Dach. Was hast du an der Hand, Tonino? rief sie hinunter. Jesus Christus, die Barke schwimmt ja in Blut.

{ed. (5) Kleine Insel bei Neapel }

's ist nichts, Commare (2), erwiderte der Bursch. Ich riß mich an einem Nagel, der zu weit vorsah. Morgen ist's vorbei. Das verwünschte Blut ist nur gleich bei der Hand, daß es gefährlicher aussieht, als es ist.

{ed. (6) Gevatterin }

Ich will kommen und dir Kräuter auflegen, Comparello (7). Wart, ich komme schon!

{ed. (7) Gevatterchen }

Bemüht Euch nicht, Commare. Ist schon alles geschehn und morgen wird's vorbei sein und vergessen. Ich habe eine gesunde Haut, die gleich wieder über jede Wunde zuwächst.

Addio, sagte Laurella, und wandte sich nach dem Pfad, der hinaufführt.

Gute Nacht! rief ihr der Bursch nach, ohne sie anzusehn. Dann trug er das Gerät aus dem Schiff und die Körbe dazu, und stieg die kleine Steintreppe zu seiner Hütte hinauf.

Es war keiner außer ihm in den zwei Kammern, durch die er nun hin und her ging. Zu den offnen Fensterchen, die nur mit hölzernen Läden verschlossen werden, strich die Luft etwas erfrischender herein, als über das ruhige Meer, und in der Einsamkeit war ihm wohl. Er stand auch lange vor dem kleinen Bilde der Mutter Gottes, und sah die aus Silberpapier daraufgeklebte Sternenglorie andächtig an. Doch zu beten fiel ihm nicht ein. Um was hätte er bitten sollen, da er nichts mehr hoffte.

Und der Tag schien heute stillzustehn. Er sehnte sich nach der Dunkelheit, denn er war müde, und der Blutverlust hatte ihn auch mehr angegriffen, als er sich gestand. Er fühlte heftige Schmerzen an der Hand, setzte sich auf einem Schemel und löste den Verband. Das zurückgedrängte Blut schoß wieder hervor, und die Hand war stark um die Wunde angeschwollen. Er wusch sie sorgfältig und kühlte sie lange. Als er sie wieder vorzog, unterschied er deutlich die Spur von Laurellas Zähnen. Sie hatte recht, sagte er. Eine Bestie war ich und verdien es nicht besser. Ich will ihr morgen ihr Tuch durch den Giuseppe zurückschicken, denn mich soll sie nicht wiedersehn. —Und nun wusch er das Tuch sorgfältig und breitete es in der Sonne aus, nachdem er sich die Hand wieder verbunden hatte, so gut er's mit der Linken und den Zähnen konnte. Dann warf er sich auf sein Bett und schloß die Augen.

Der helle Mond weckte ihn aus einem halben Schlaf, zugleich der Schmerz in der Hand. Er sprang eben wieder auf, um die pochenden Schläge des Bluts in Wasser zu beruhigen, als er ein Geräusch an seiner Tür hörte. Wer ist da? rief er und öffnete. Laurella stand vor ihm.

Ohne viel zu fragen trat sie ein. Sie warf das Tuch ab, das sie über den Kopf geschlungen hatte und stellte ein Körbchen auf den Tisch. Dann schöpfte sie tief Atem.

Du kommst, dein Tuch zu holen, sagte er, du hättest dir die Mühe ersparen können, denn morgen in der Früh hätte ich Giuseppe gebeten, es dir zu bringen.

Es ist nicht um das Tuch, erwiderte sie rasch. Ich bin auf dem Berg gewesen, um dir Kräuter zu holen, die gegen das Bluten sind. Da! Und sie hob den Deckel vom Körbchen.

Zu viel Mühe, sagte er, und ohne alle Herbigkeit, zu viel Mühe. Es geht schon besser, viel besser, und wenn es schlimmer ginge, ging es auch nach Verdienst. Was willst du hier um die Zeit? Wenn dich einer hier träfe, du weißt, wie sie schwatzen, obwohl sie nicht wissen, was sie sagen.

Ich kümmere mich um keinen, sprach sie heftig. Aber die Hand will ich sehen und die Kräuter darauf tun, denn mit der Linken bringst du es nicht zustande.

Ich sage dir, daß es unnötig ist.

So laß es mich sehen, damit ich's glaube.

Sie ergriff ohne weiteres die Hand, die sich nicht wehren konnte, und band die Lappen ab. Als sie die starke Geschwulst sah, fuhr sie zusammen und schrie auf: Jesus Maria!

Es ist ein bißchen aufgelaufen, sagte er. Das geht weg in einem Tag und einer Nacht.

Sie schüttelte den Kopf: So kommst du in einer Woche lang nicht aufs
 Meer.

Ich denke, schon übermorgen. Was tut's auch.

Indessen hatte sie ein Becken geholt und die Wunde von neuem gewaschen, was er litt wie ein Kind. Dann legte sie die heilsamen Blätter des Krauts darauf, die ihm das

Brennen sogleich linderten und verband die Hand mit Streifen Leinwand, die sie auch mitgebracht hatte.

Als es getan war, sagte er: Ich danke dir. Und höre, wenn du mir noch einen Gefallen tun willst, vergib mir, daß mir heut so eine Tollheit über den Kopf wuchs und vergiß das alles, was ich gesagt und getan habe. Ich weiß selbst nicht, wie es kam. Du hast mir nie Veranlassung dazu gegeben, du wahrhaftig nicht. Und du sollst schon nichts wieder von mir hören, was dich kränken könnte.

Ich habe dir abzubitten, fiel sie ein. Ich hätte dir alles anders und besser vorstellen sollen und dich nicht aufbringen durch meine stumme Art. Und nun gar die Wunde-Es war Notwehr und die höchste Zeit, daß ich meiner Sinne wieder mächtig wurde. Und wie gesagt, es hat nichts zu bedeuten. Sprich nicht von Vergeben. Du hast mir wohlgetan, und das dank ich dir. Und nun geh schlafen und da—da ist auch dein Tuch, daß du's gleich mitnehmen kannst.

Er reichte es ihr, aber sie stand noch immer und schien mit sich selbst zu kämpfen. Endlich sagte sie: du hast auch deine Jacke eingebüßt um meinetwegen; und ich weiß, daß das Geld für die Orangen darin steckte. Es fiel mir alles erst unterwegs ein. Ich kann dir's nicht so wieder ersetzen, denn wir haben es nicht, und wenn wir's hätten, gehört' es der Mutter. Aber da hab ich das silberne Kreuz, das mir der Maler auf den Tisch legte, als er das letzte Mal bei uns war. Ich hab es seitdem nicht angesehn und mag es nicht länger im Kasten haben. Wenn du es verkaufst, es ist wohl ein paar Piaster wert, sagte damals die Mutter, so wäre dir dein Schaden ersetzt, und was fehlen sollte, will ich suchen mit Spinnen zu verdienen, nachts, wenn die Mutter schläft.

Ich nehme nichts, sagte er kurz und schob das blanke Kreuzchen zurück, das sie aus der Tasche geholt hatte.

Du mußt's nehmen, sagte sie. Wer weiß, wie lang du mit dieser Hand nichts verdienen kannst. Da liegt's und ich will's nie wieder sehn mit meinen Augen.

So wirf es ins Meer.

Es ist ja kein Geschenk, was ich dir mache; es ist nicht mehr, als dein gutes Recht und was dir zukommt.

Recht? Ich habe kein Recht auf irgendwas von dir. Wenn du mir später einmal begegnen solltest, tu mir den Gefallen und sieh mich nicht an, daß ich nicht denke, du erinnerst mich an das, was ich dir schuldig bin. Und nun gute Nacht, und laß es das Letzte sein.

Er legte ihr das Tuch in den Korb und das Kreuz dazu und schloß den
Deckel darauf. Als er dann aufsah und ihr ins Gesicht, erschrak er.
Große schwere Tropfen stürzten ihr über die Wangen. Sie ließ ihnen
ihren Lauf.

Maria Santissima! rief er, bist du krank? Du zitterst von Kopf bis
Fuß.

Es ist nichts, sagte sie. Ich will heim! Und wankte nach der Tür. Das Weinen übermannte sie, daß sie die Stirn gegen den Pfosten drückte und nun laut und heftig schluchzte. Aber eh' er ihr nach konnte, um sie zurückzuhalten, wandte sie sich plötzlich um und stürzte ihm an den Hals.

Ich kann's nicht ertragen, schrie sie und preßte ihn an sich, wie sich ein Sterbender ans Leben klammert, ich kann's nicht hören, daß du mir gute Worte gibst und mich von dir gehen heißest mit all der Schuld auf dem Gewissen. Schlage mich, tritt mich mit Füßen, verwünsche mich!—

oder, wenn es wahr ist, daß du mich lieb hast, noch, nach alle dem Bösen, das ich dir getan habe, da nimm mich und behalte mich und mach mit mir, was du willst. Aber schick mich nicht so fort von dir!—Neues heftiges Schluchzen unterbrach sie.

Er hielt sie eine Weile sprachlos in den Armen. Ob ich dich noch liebe? rief er endlich. Heilige Mutter Gottes, meinst du, es sei all mein Herzblut aus der kleinen Wunde von mir gewichen? Fühlst du's nicht da in meiner Brust hämmern, als wollt' es heraus und zu dir? Wenn du's nur sagst, um mich zu versuchen oder weil du Mitleiden mit mir hast, so geh und ich will auch das noch vergessen. Du sollst nicht denken, daß du mir's schuldig bist, weil du weißt, was ich um dich leide.

Nein, sagte sie fest und sah von seiner Schulter auf und ihm mit den nassen Augen heftig ins Gesicht, ich liebe dich, und daß ich's nur sage, ich hab es lange gefürchtet und dagegen getrotzt. Und nun will ich anders werden, denn ich kann's nicht mehr aushalten, dich nicht anzusehn, wenn du mir auf der Gasse vorüberkommst. Nun will ich dich auch küssen, sagte sie, daß du dir sagen kannst, wenn du wieder in Zweifel sein solltest: Sie hat mich geküßt, und Laurella küßt keinen, als den sie zum Manne will.

Sie küßte ihn dreimal und dann machte sie sich los und sagte: Gute Nacht, mein Liebster! Geh nun schlafen und heile deine Hand, und geh nicht mit mir, denn ich fürchte mich nicht, vor keinem, als nur vor dir.

Damit huschte sie durch die Tür und verschwand in den Schatten der Mauer. Er aber sah noch lange durchs Fenster, aufs Meer hinaus, über dem alle Sterne zu schwanken schienen.

Als der kleine Padre Curato das nächste Mal aus dem Beichtstuhl kam, in dem Laurella lange gekniet hatte, lächelte er still in sich hinein. Wer hätte gedacht, sagte er bei sich selbst, daß Gott sich so schnell dieses wunderlichen Herzens erbarmen würde. Und ich machte mir noch Vorwürfe, daß ich den Dämon Eigensinn nicht härter bedräut hatte. Aber unsere Augen sind kurzsichtig für die Wege des Himmels. Nun so segne sie der Herr und lasse mich's erleben, daß mich Laurellas ältester Bube einmal an seines Vaters Statt über Meer führt. Ei ei ei! l'Arrabbiata!